Ma dernière nuit en Sibérie
© *Nathanaël AMAH , 2020 NATHAM Collection*

Couverture : Larisa KAZAKOVA
(avec son aimable autorisation)

Ma dernière nuit en Sibérie

Du même auteur :

(E-books & version papier)

- Somewhere in Vladivostok
- Harcèlement   (éd. BOD)
- Harassment   (éd. BOD)
- Acoso   (éd. BOD)
- Neith (La mystérieuse Nubienne)   (éd. BOD)
- The Nubian (The mysterious Neith)   (éd. BOD)
- Les macarons   (éd. BOD)
- La veuve PLYNN   (éd. BOD)
- Instants ultimes   (éd. BOD)
- Que dire de plus ?   (éd. BOD)
- Cousine !   (éd. BOD)
- Tu n'es pas la femme de l'homme
            que je suis   (éd BOD)
- The day after in London   (éd BOD)
- Londres : le jour d'après   (éd BOD)
- My last night in Siberia   (éd. BOD)

(www.bod.fr)

Ma dernière nuit en Sibérie

Ma dernière nuit en Sibérie

« On ne triomphe de la calomnie qu'en la dédaignant. »

Ma dernière nuit en Sibérie

MA DERNIERE
NUIT EN SIBERIE

Roman

Ma dernière nuit en Sibérie

1

Trois mois se sont écoulés depuis son arrivée à Novossibirsk.

Dans cette ville russe de Sibérie occidentale, Jacob BILLIGER fait partie d'un programme d'échange de professeurs entre les Etats-Unis et la Russie, organisé par l'université agraire d'État de Novossibirsk.

Docteur en agronomie, Jacob BILLIGER est le responsable du département des céréales anciennes à l'université de Chicago.

Ses recherches l'ont successivement conduit en Chine, en Inde, en Afrique et au Moyen-Orient.

Son cheval de bataille : comment adapter la culture des céréales aux climats les plus extrêmes, aux zones aux hiver les plus rudes, aux terres les plus arides. Ses travaux ont fait l'objet de nombreuses publications dans des revues spécialisées de référence au niveau mondial. Plusieurs multinationales ont tenté de lui dérouler le tapis rouge, sans succès.

L'enseignement est sa grande passion. La clarté de son discours, la pertinence de ses arguments, sont de réels atouts qui l'ont hissé au panthéon des hommes les plus écoutés de son époque.

Mais son idéalisme est son point faible à bien des égards. Et qui dit idéalisme, dit obligation parfois pour l'idéaliste, de travestir la vérité devant la nécessité de convaincre quoi qu'il lui en coûte, afin d'amener le plus grand nombre à prendre le problème de la nutrition des peuples par le bon bout, à savoir : adapter les méthodes de culture et non, modifier la nature des céréales.

Trop simple, à première vue.

Certains pourraient opposer à son idéalisme (qui recommande d'apprendre à mieux produire) les conséquences désastreuses de la faim dans le monde, l'obligeant à faire preuve de plus de réalisme.

Malgré tout, il ne peut se résoudre à laisser le champ libre aux multinationales qui, sous le couvert de sauver l'humanité, s'autorisent à emprunter dans leur démarche, des raccourcis faisant ainsi abstraction du maintien de la bonne santé des populations.

Pour lui, l'importance de la réhabilitation de certaines céréales anciennes oubliées, est capitale. Non pas pour remettre dans les assiettes des saveurs d'avant-guerre pour une certaine élite avide d'exotisme culinaire, mais obtenir localement une mise à disposition des ressources nécessaires à la survie des peuples, sans pour autant être obligé d'avoir les mêmes référencements des céréales et déroger ainsi au principe simple et naturel qui consiste à tirer d'une récolte, les semences de la future récolte.

Parfois, il se voit dans la peau d'un rameur à contre-courant face aux politiques agricoles de la plupart des pays, politiques agricoles largement influencées par les activités plus qu'agressives des lobbyistes aux ordres des multinationales, dans les couloirs austères des parlements.

Il se rend compte que l'adaptation d'une méthode culture par rapport aux spécificités des terrains ou des climats, ne semble intéresser personne. Par contre, la tentation d'un rendement plus immédiat, lucratif de surcroît, est plus forte, cela au détriment de la santé des consommateurs de ces produits issus de ce type d'agriculture dont personne n'est capable de mesurer les conséquences à long terme.

Ses interventions en amphithéâtres sont souvent sources de polémiques, dégénérant en discussions sans fin. La plupart de ses conférences, sont boycottées ou, une fois sur deux scandaleusement chahutées.

Son caractère tenace doublé d'une nature affable, lui permet de rester fidèle à ses convictions, même si parfois, la lassitude le guette. Et, au bord de cette lassitude prévisible, son enthousiasme et sa force de persuasion reprennent le dessus, le boostent et l'aident à capter l'attention de son auditoire qui finit par l'écouter quasi religieusement.

Son souci majeur, démontrer le bien-fondé de sa théorie en se basant sur des modèles scientifiquement et socialement bien étayés. Parfois il est écouté avec politesse sans toutefois réussir à convaincre, parfois, selon les pays, il obtient une attention bienveillante, assortie d'un espoir d'une mise en pratique grandeur nature.

Grâce à sa notoriété, fondée sur sa renommée internationale, il est connu mondialement. L'université russe a dû se mettre dans la file d'attente avant de réussir à le faire venir sur le territoire russe pour une durée de deux années. Elle l'a sollicité en son sein, afin d'en savoir un peu plus sur cet ingénieur agronome atypique, rempli de bon sens, pour essayer de comprendre pourquoi il est à la fois adulé et décrié.

Se faire sa propre opinion, et éventuellement se remettre en question : la direction de l'université ne manque pas de courage face à la ligne du parti au pouvoir en matière de politique agricole, à savoir, ne pas perdre de vue l'ambition de la Russie de redevenir le grenier à grains de la planète comme par ce passé glorieux de l'ère Soviétique.

Ainsi, doter la Russie de la capacité d'influer à nouveau sur le cours des céréales sur les marchés mondiaux, serait conforme à la politique du parti.

2

A son arrivée à Novossibirsk, il fut surpris de l'accueil qui lui a été réservé.

Au cours de la réunion d'introduction, le directeur du programme de recherche s'était empressé de lui annoncer clairement le deal. En échange des larges facilités qui lui seraient accordées pour comprendre de l'intérieur, la politique agricole de la Russie, il devrait lui communiquer une synthèse des modèles qui ont fait l'objet de ses publications, notamment, le partage de la propriété des terres agricoles.

Le directeur sait pertinemment que l'objet de sa demande ne constitue qu'une faible part des sujets de recherche de son invité. Mais, il a besoin d'un avis éclairé pour consolider un dossier éminemment politique à remettre très prochainement au ministre de l'agriculture.

Les choses sont claires : sous le couvert d'accueillir un spécialiste dans le cadre d'un projet d'échange de professeurs entre deux grands pays, Jacob BILLIGER se retrouve dans le rôle d'un consultant politique. Une mission dans la mission.

Il est bien involontairement, le chaînon manquant dans un dispositif d'État dont il ne connaît ni les tenants ni les aboutissants. La couverture parfaite alors que le bruit court dans les officines mises en place par les multinationales que Jacob BILLIGER est en Russie.

Un jour, en bas de son immeuble, alors qu'il s'apprêtait à se rendre à l'épicerie pour remplir le mini réfrigérateur du studio dans lequel il est logé, il fut apostrophé par un jeune homme qui à première vue, semblait le connaître en s'adressant à lui directement en anglais.

Or, depuis son arrivée, personne se s'était adressé directement à lui en anglais, mise à part les doctorants avec lesquels il devrait collaborer et qui sont parfaitement bilingues.

- « *Bonsoir Monsieur BILLIGER.* »

- « *Bonsoir. Qui êtes-vous ? Que me voulez-vous ?* »

- « *Mon nom de vous dirait rien. Je suis envoyé par des amis qui veulent vous parler de votre mission.* »

- « *Des amis ? … Quelle mission ?* »

- « *Accepteriez-vous de les rencontrer ?* »

- « *Vous vous trompez de personne. Je suis pressé. Au revoir Monsieur.* »

- « *Non Monsieur BILLIGER. Je ne me trompe pas de personne. Accepteriez-vous de rencontrer mes amis ? A votre place, je n'hésiterai pas.* »

- «*Vous n'êtes pas à ma place. Au revoir Monsieur.* »

- « *C'est vous qui voyez. Vraiment désolé de vous avoir importuné. Au revoir Monsieur BILLIGER. A bientôt. je m'appelle Igor. A très bientôt.* »

Ceci dit, le mystérieux Igor s'éloigna.

Il reste un court instant figé, surpris de la teneur de cette discussion surréaliste qu'il vient d'avoir, puis, en le regardant s'éloigner, il essaie de se rappeler si, il a déjà rencontré cet individu à l'université. En vain. Puis il repart à son tour en direction de l'épicerie avant qu'elle ne ferme.

3

De retour dans son studio, Jacob rangea les courses. Un moment de relaxation avant d'entamer la préparation du dîner. Il allume la télé. Suprême privilège attaché à son poste : il peut capter CNN. Garder le contact avec les Usa est essentiel pour lui. En attendant les nouvelles, un petit verre de vodka. Un deuxième. L'ivresse le guette. Il se décide à préparer son plateau télé comme d'habitude.

Deux belles tranches de truite saumonée, accompagnées de quelques blinis réchauffés au bain-marie.

Il s'installe tranquillement devant la télé, la bouteille de vodka à portée de main, le plateau bien calé sur ses genoux.

Le dîner peut enfin commencer.

Soudain, avant qu'il eut le temps de remplir son troisième verre de vodka, le téléphone du studio se mit à sonner. C'est la première fois que ce téléphone sonne la nuit tombée depuis son arrivée. Il jette un coup d'œil à sa montre. 21H10. Qui cela peut-il être ?

Il dépose le plateau sur le guéridon, puis décroche le combiné.

Il reste silencieux. Il attend pendant quelques secondes puis, à l'autre bout du fil :

- « *Allo !* »

De prime abord, la voix de son interlocuteur ne lui dit rien. Une voix d'homme, tout ce qu'il y a de plus banal.

- « *Allo.* » dit-il avec une certaine retenue.

- « *Bonsoir Monsieur BILLIGER* »

Il n'en revient pas. Il croit reconnaître la voix.
Il n'ose y croire.

- « *Bonsoir. A qui j'ai l'honneur de parler ?*»

répond t-il en essayant de reprendre le
contrôle de la situation.

Contre toute attente, il entend un éclat de rire
à l'autre bout du fil. Puis :

- « *Monsieur BILLIGER, c'est Igor. Vous
vous souvenez de moi ? Nous nous sommes
parlés il y a quelques instants.* »

- « *Oui. Que me voulez-vous ?* » dit-il
sèchement.

- « *Rien. C'est juste pour vous souhaiter
une bonne nuit. Bonne nuit Monsieur
BILLIGER. A bientôt.* »

L'interlocuteur, le nommé Igor, vient de

raccrocher.

Que penser de cette soudaine incursion de cette personne dans sa vie ? Et deux fois de suite dans la même journée. Qu'est-ce que cela signifie ?

Il reste pantois. Il n'est pas dans ses habitudes de se laisser envahir par de telles émotions. Il en a vu d'autre dans sa vie de conférencier. Il n'est pas homme à se laisser intimider. Et ce n'est pas ce tout petit Monsieur Igor qui pourra l'empêcher de déguster sa truite saumonée et de passer une bonne soirée.

4

Après une nuit en demi-teinte, il se réveilla un peu sonné par les événements de la veille qui ont déverrouillé quelque chose en lui.

En effet, au cours de ses pérégrinations à travers le monde, il lui est arrivé d'être approché par des individus chargés de lui faire comprendre les choses à demi-mot, parfois de manière subtile, d'autres fois en employant le harcèlement à visage découvert.

Il lui revient en mémoire sa curieuse rencontre avec cet homme d'affaire nigérian venu assister à une de ses conférences à Lagos, très cultivé, très avenant, visiblement bien introduit dans les hautes sphères politiques du pays, tutoyant le chef de l'État, muni des meilleures intentions du monde, vraisemblablement intéressé par le potentiel que pourrait offrir la réhabilitation des céréales anciennes pour le développement de sa sous-région, mais qui au final, s'était révélé être l'émissaire masqué d'une multinationale sur le territoire nigérian.

Ce fut une grande déception pour lui.

Non pas pour avoir été abusé par cet homme (à qui il avait accordé toute sa confiance, qui était presque devenu un ami chez qui il pouvait se rendre comme à la maison), mais pour la perte irréparable de cette belle opportunité qui aurait pu permettre au Nigeria d'être un laboratoire à ciel ouvert, le fer de lance au service d'une agriculture adaptée au sein de l'Afrique subsaharienne toute entière et ainsi contribuer à la résolution des nombreux problèmes de nutrition induits par les famines.

Il ne peut se résoudre à considérer que l'homme (être humain) puisse être un danger permanent pour lui-même.

A travers les longues séances de questions / réponses post conférences, il a pu observer (en analysant finement les échanges avec les participants ou les instances dirigeantes lors des audiences accordées dans les ministères), la propension qu'a l'homme de ne jamais considérer les choses dans leur globalité.

Dans les dossiers techniques, il lit «individu » au lieu de « collectivité », il lit « profit » au lieu de «bénéfice», il lit «consommer » au lieu de « renouveler ».

Telle est la vie de l'homme.

Lutter contre cela, est une œuvre titanesque.
Il en est bien conscient.
Il s'y attelle courageusement, ce depuis des années, à la manière d'un utopiste qui s'est mis en tête d'engazonner la surface de la terre

centimètre carré par centimètre carré.

Ce changement soudain intervenu dans son quotidien depuis son arrivée à Novossibirsk, ne le préoccupe pas outre mesure.

Cependant, il ne peut s'empêcher sur le moment, de s'interroger sur ce que cache l'incursion de cet individu qui tente de s'immiscer dans sa vie, tel un caillou dans sa chaussure.

5

Retour à l'université.

A la descente du bus dans Akademgorodok (la cité académique, la bien nommée Silicon Taïga), en parcourant la centaine de mètres qui sépare l'arrêt du bus de l'entrée principale de l'ancien bâtiment de l'université, Jacob tombe nez à nez avec son pire cauchemar, Monsieur Igor qui vient juste de sortir de l'enceinte de l'université.

Donc, il fréquente l'université, se dit-il. Mais à quel titre ? Étudiant ? Employé ?

Igor, c'est comme John en Angleterre ou Bernard en France. Un prénom commun, porté par le plus grand nombre. Comment savoir qui est cette personne ? Autant chercher une aiguille dans une botte de paille.

- « ***Bonjour Monsieur BILLIGER. Bonne journée.*** »

dit-il avec un large sourire en le croisant.

Il semble savourer le malaise qui s'installe peu à peu chez ce cher Monsieur BILLIGER. Pire, il s'en amuse. Tout en continuant à jouer à la perfection son rôle dans cette machination qui se trame, telle l'araignée qui tisse patiemment sa toile autour de l'insecte imprudemment égaré, il ne perd pas de vue, l'objet de sa mission.

Quel est son rôle exact dans cette université, sachant qu'il n'est ni un doctorant, ni un membre du staff ? Mais alors, que faisait-il dans l'enceinte de l'université juste au moment où Jacob descendait du bus ?

- « *Bonjour. Vous avez une minute ?* »

lui lança Jacob au moment de le croiser.

- « *Oui avec plaisir Monsieur BILLIGER. Que puis-je pour vous ?* »

Toujours aussi aimable ce cher Igor.

- « *Qui êtes-vous ? Que me voulez-vous ? J'aimerais avoir des réponses aujourd'hui.* »

Igor esquisse un large et magnifique sourire, comme d'habitude.

- « *Je suis Igor comme vous savez ..* »

Jacob lui coupe la parole

- « *Igor quoi ? Quel est votre nom de famille ?* »

Ajoute Jacob visiblement courroucé.

- « *Rien de plus simple Monsieur BILLIGER.*

Ma dernière nuit en Sibérie

Si vous voulez savoir qui je suis, acceptez notre invitation. Acceptez de rencontrer mes amis »

dit-il le sourire aux lèvres. Ce qui agace profondément Jacob qui sort de ses gonds.

- « *Bon sang, de quoi parlez-vous ? Quelle invitation ?* »

- « *Mes amis veulent vous rencontrer. Ils insistent beaucoup. S'il vous plaît Monsieur BILLIGER, ne les décevez pas. Je vous en supplie .* »

- « *Arrêtez votre charabia et foutez-moi la paix !* »

- « *Sinon ? Réfléchissez bien Monsieur BILLIGER avant qu'il ne soit trop tard.* »

Excédé, Jacob ne répond pas à ce qu'il considère comme une ultime provocation de cet individu sans intérêt, hausse épaules et pénètre dans l'enceinte de l'université sans se retourner.

6

Assis à son bureau, Jacob a du mal à entamer sa journée. Sa colère ne retombe pas. Il n'aime pas qu'on le prive de sa liberté qui est fondamentalement inscrite dans son ADN, en tant qu'homme libre et en tant que citoyen américain, de surcroît sur le sol russe.

Sa mission lui plaît Il se sent chanceux d'être à cette place qui lui permet d'enrichir sa doctrine. Une belle référence dans son cursus de conférencier et de professeur. Travailler en

Russie sur un tel projet, mérite une attention particulière. Il ne peut donc tolérer la moindre intrusion dans ce qu'il considère comme son pré carré.

Il n'est pas dans son caractère de céder au chantage, ni affectif ni d'aucune sorte. Selon lui, le terreau favorable au chantage, c'est la l'aptitude de chacun à prêter une oreille attentive au maître chanteur. Le meilleur antidote : dévoiler « sa » vérité à la face du monde.

Ce qu'il aurait déjà dû faire.

Il décroche son téléphone et demande une entrevue avec le directeur du projet. Il lui faut trouver un angle d'attaque idéal pour exposer de manière objective la situation telle qu'elle se présente, sans se faire remarquer, sans créer de malaise au sein de l'université, dans la mesure où, il ne saurait même pas identifier le fameux Igor et en fournir une description précise.

De plus, sur quelle base appuyer ses allégations ?

Un individu vous propose de faire la connaissance de ses amis. Et alors ? C'est si compliqué de dire oui ou non ? Y a-t-il de quoi fouetter un chat ?

Ce qui est en jeu est très important pour la suite de sa mission : sa crédibilité. Oui mais, quel en sera le prix ?

Certains pourraient lui objecter que : « *La véracité d'une affirmation n'a rien à voir avec sa crédibilité...* »

Ok mais, n'est-ce pas plutôt sa paranoïa qui pourrait mettre en danger sa crédibilité et non les gesticulations pitoyables du mystérieux Igor ?

D'ailleurs, où commence la paranoïa, où finit la prudence ? En d'autres termes, quelle est la frontière entre la prudence et la paranoïa ?

Dans tous les cas, il est mondialement connu. Il est respecté. Il est écouté. Il ne peut pas se permettre d'attirer l'attention sur lui de cette manière et risquer de provoquer un incident diplomatique entre la Russie et les Etats-Unis.

Et puis zut ! Qu'il aille au diable.

Il décroche le combiné et annule sa demande d'entrevue, et se met au travail.

La journée se déroule sans histoire dans une paix intérieure retrouvée. Il peaufine un rapport sur la gestion des territoires agricoles.

7

La journée se termine. Il range ses affaires. Mais juste avant de quitter le bureau, le directeur de projet fait irruption dans son bureau.

- « *Ça va ? Ça se passe bien ?* »

- « *Oui Monsieur le Directeur.* »

- « *Vous vouliez me voir à ce qu'il paraît?* »

Ma dernière nuit en Sibérie

- « *Oui Monsieur le Directeur, mais à la réflexion, j'y ai renoncé.* »

- «*Vous avez un souci ?* »

- « *Non Monsieur le Directeur. … Je voulais avoir votre avis sur quelque chose. Trois fois rien.* »

- « *Ok Monsieur BILLIGER.. Ok. Sachez que ma porte vous est ouverte. Bonne soirée.* »

- « *Merci. Bonne soirée Monsieur le Directeur.* »

Le directeur sort du bureau et referme la porte derrière lui. Jacob se rassoit. Il réfléchit sur cette occasion manquée. Une communication informelle aurait pu convenir dans une pareille situation. Juste avoir son avis sur l'attitude à adopter. Mais il est en Russie et non pas aux Etats-Unis d'Amérique où, il est possible de toquer à la porte du directeur, lui soumettre un souci et solliciter son aide pour le résoudre. Or il ne sait pas, si en Russie, l'informel peut à tout moment virer vers le formel par le simple fait d'exprimer les choses. Et quelles conséquences en fin de compte pour lui, pour sa mission en or massif, voire pour sa crédibilité ?

Il n'en sait rien.

Face au directeur, la prudence a été l'option la plus adéquate. Il n'avait pas le choix.

Il finit de ranger ses affaires puis, sort de son bureau. Dans le couloir, il croise une doctorante à qui il avait été présenté à son arrivée. Il s'arrête quelques minutes pour la saluer et prendre de ses nouvelles. Brève discussion et promesse de se revoir très prochainement dans le cadre du projet.

Arrêt du bus. Le bus est annoncé dans vingt minutes.

Quelques étudiants attendent comme lui. Et soudain, alors qu'il était perdu dans ses pensées, il voit sortir de l'enceinte de l'université, Igor en grande conversation avec la doctorante avec laquelle, il venait de discuter.

Il n'a pas la berlue. C'est bien Igor et c'est bien la doctorante.

Alors, tout Jacob BILLIGER qu'il est, l'homme le plus écouté dans son domaine et qui a la tête bien vissée sur les épaules, il ne peut s'empêcher de retomber dans ce qu'il convient d'appeler la paranoïa ordinaire et inévitable. Celle qui guette et habite celui qui ne ressent ni l'angoisse ni la peur, mais qui vit dans l'ignorance de ce qui se passe dans la réalité. Pour lui, voir Igor et la doctorante ensemble, c'est forcément le signe qu'il se trame quelque chose sur son dos. De quoi alimenter ses fantasmes et ses futures insomnies.

8

Il rentre chez lui, un peu sonné, extrêmement préoccupé par cette idée qu'il se passe quelque chose dont il ignore tout.

Pour ne rien arranger, en rentrant, la concierge l'a informé (comme elle a pu, dans un mauvais anglais), que quelques instants avant son retour, deux personnes étaient venues lui rendre visite.

Deux personnes !? Pour quelle raison, se

Ma dernière nuit en Sibérie

demande-t-il. Il ne connaît personne. Il ne fréquente personne.

La concierge n'a pas été capable (comme il aurait souhaité), de préciser s'il s'agissait d'un homme et d'une femme. Cette information lui aurait permis d'avoir quelques certitudes, en réponse à son questionnement concernant Igor et la doctorante. Mais en y réfléchissant, cela ne se peut. Ils ne sont pas montés dans le bus. Ils ne pouvaient donc pas (logiquement) arriver au studio avant lui. Par conséquent, retour à la case départ. La nécessité de devoir discuter urgemment avec le directeur revient dramatiquement à l'ordre du jour.

Très mauvaise soirée en perspective. Il n'aime pas ça. Il n'a même pas envie d'allumer la télé. CNN attendra. Les nouvelles du pays attendront également. Il n'a envie de rien. Il n'a pas faim. Il veut juste boire un verre ou deux.

Il se croyait fort et invincible derrière son pupitre de conférencier émérite, auréolé de son intelligence remarquable face à son public.

Un public parfaitement identifié et prévisible qu'il doit affronter à coup d'arguments.

Mais le tourment dans lequel il s'est peu à peu enfermé, et qui le fait trembler comme une feuille face à cet ennemi invisible, le rend extrêmement nerveux.

Aucune de ses compétences, aucune de ses connaissances ne peut éteindre ce feu qui commence à le consumer de l'intérieur, petit à petit.

Une question se pose : pourquoi cherche-t-il résolument à relier Igor à une hypothétique cabale montée contre sa personne ?

Lui seul sait.

La paranoïa serait-elle en train de s'insinuer dans son esprit ?

Pourtant il n'est pas homme à se laisser impressionner.

Est-ce parce qu'il se trouve en Russie ? Est-ce cette fantasmagorie autour de la Russie qui, au fil du temps, a bâti cette réputation de pays dans lequel chaque citoyen est un espion potentiel ?

S'il en est ainsi, pourquoi a-t-il accepté l'aimable invitation de l'université à figurer dans ce programme d'échange de professeurs entre les deux pays ? Personne ne l'avait forcé ni contraint à accepter cette mission.

Ce fut une décision mûrement réfléchie, chaudement encouragée par l'université de Chicago et favorablement accueillie par l'université agraire d'État de Novossibirsk.

Est-il en train de regretter cette décision ?

Pourtant, les trois premiers mois de la mission se sont déroulés dans les conditions idéales de confort physique et mental. Il était même disposé à accepter une prolongation de la durée de son séjour en Russie, tellement la mission est belle, vaste, intellectuellement enrichissante. Qui peut se targuer d'avoir à sa disposition un laboratoire à ciel ouvert, laboratoire dans lequel toutes les données techniques et sociales permettent une exploitation optimale dans un climat de sincérité et de cordialité ? Lui, a cette chance de prétendre cela. Il en est fier et honoré.

Cette joie teintée de fierté que ressentent les enfants devant un magnifique jouet le jour de Noël, l'a habité jusqu'à ce fameux jour où Igor est entré dans sa vie.

9

A son arrivée au bureau le lendemain matin, il trouva un message du secrétariat du directeur l'informant qu'il est convoqué chez le directeur en début d'après-midi.

Il lit et relit le message plusieurs fois.

Depuis le début de sa mission, cela ne s'est jamais produit d'être appelé ou convoqué par le directeur, par ce canal. Ceci n'est pas habituel.

Une réunion programmée avec le directeur, est annoncée dans l'agenda électronique du département, accessible à toute l'équipe, et non pas sur un bout de papier déposé sur les bureaux.

Il se connecte à l'agenda électronique, mais ne trouve aucune mention de cette « entrevue » avec le directeur prévue en début d'après-midi.

S'agissant d'une convocation, il ne peut accepter ni refuser de s'y rendre. Il n'a pas le choix. Il doit s'y rendre.

Il a repensé un instant à cette demande spécifique, informelle du directeur concernant la constitution du fameux dossier à remettre au ministre.

Cela ne tient pas non plus. Sa demande est quasi confidentielle, et il ne se risquerait pas à utiliser le canal du secrétariat pour traiter une commande du ministre.

Toutes les hypothèses sont passées en revue l'une après l'autre, sans résultat.

A quoi bon se tourmenter. Dans quelques heures, il sera fixé. Pour l'instant, le plus dur, c'est d'arriver à se concentrer sur son programme de la matinée.

14 heures.

Devant le bureau du directeur. Jacob toque à la porte.

- « *Voydite !* » (entrez !)

En entendant ces mots et sans en comprendre le sens, Jacob crut bon d'ouvrir la porte et de pénétrer dans le bureau. Il referma la porte derrière lui.

- « *Ah c'est vous ?* » dit le directeur en levant les yeux .

- «*Oui, Monsieur le Directeur.J'ai reçu votre convocation ce matin.* »

- « *Oui Monsieur BILLIGER. Je voulais*

Ma dernière nuit en Sibérie

m'entretenir avec vous au sujet d'une affaire délicate et extrêmement préoccupante. »

- « *Je vous écoute Monsieur le Directeur.* »

- « *Monsieur BILLIGER, pouvez-vous me dire pourquoi la police enquête sur vous ?* »

questionna froidement le directeur en le regardant fixement dans les yeux.

Jacob blêmit.

- « *Une enquête sur moi ? C'est impossible Monsieur le Directeur. Cela ne doit être qu'une méprise.*»

dit-il d'une voix chevrotante.

- « *Pourtant il semble que si, Monsieur BILLIGER. ... Ils sont passés chez vous hier soir. Vous n'avez pas été informé de cette visite ?* »

- « *J'ai appris que deux personnes sont passées me rendre visite juste avant mon retour, sans plus. La concierge n'a pas été en mesure de m'en dire plus. Je ne parle pas russe et elle ne parle pas anglais.* »

- « *Dites-moi Monsieur BILLIGER, quelles sont vos fréquentations depuis votre arrivée à Novossibirsk ? Il semble que vous vous êtes fait des relations. De sacrées relations à ce qu'il semble. Vous n'avez pas perdu votre temps. Je ne sais que penser de cette situation et de votre avenir au sein de notre université.* »

Jacob a l'impression de vivre un véritable cauchemar. Sa bouche est devenue sèche. Les idées se bousculent dans sa tête. L'envie de s'en aller et de rentrer chez lui à Chicago sur le champ, lui traversa un instant l'esprit. Mais il a besoin de reprendre pied et tenter (s'il est encore temps de le faire) de laver son honneur de tout soupçon. L'enjeu est colossal.

Ma dernière nuit en Sibérie
© Nathanaël AMAH , 2020 NATHAM Collection

10

La discussion houleuse et surréaliste entre le directeur et Jacob se termina de façon brutale. En effet, la présence du directeur était requise au sein d'une réunion importante à l'autre aile du bâtiment central.

De retour dans son bureau, Jacob adressa une demande de deux jours de congés au directeur pour des raisons personnelles.

Le directeur accepta et lui accorda la semaine entière.

Il ne peut agir autrement que de lui accorder cette semaine de congés, et admet que Jacob a besoin de temps et de calme pour gérer la situation. Il s'imagine seul aux USA, englué dans une affaire qui dépasse son entendement, sans aucun recours.

Toutefois, il ne comprends pas comment un homme de son envergure ait pu se compromettre à ce point.

Il ne peut admettre que Monsieur BILLIGER, l'expert international mondialement respecté, puisse être un imposteur et œuvrer pour le compte d'une puissance étrangère comme cela se chuchote.

Ces allégations lui semblent invraisemblables voire fantaisistes dans la mesure où c'est la Russie qui a certainement besoin d'exploiter ses connaissances et non l'inverse.

Ce programme d'échange de professeurs entre la Russie et les Etats-Unis est semblable à un accord de partenariat dans lequel, chacun apporte et chacun reçoit. Un partenariat qualifié de pacte de bonne conduite dans lequel, la règle de l'équité s'applique dans toute sa rigueur. Un accord gagnant-gagnant dans lequel chaque partenaire a l'obligation de se préoccuper aussi de l'intérêt de l'autre partenaire, équitablement favorable à son propre intérêt.

Ce qui exclut totalement de ruser aux fins de fournir de fausses informations au détriment de l'autre partenaire, dans un but inavoué de saboter les données et leur exploitation.

Dans tous les cas, il attend une explication claire avant d'en référer à sa hiérarchie, si cela est nécessaire. Si cela est vraiment nécessaire. A cette fin, il rédige un rapport préliminaire sur l'affaire et le met sous le coude

Le directeur avait pesé de tout son poids pour l'admission du professeur émérite Jacob BILLIGER dans le programme d'échange de professeurs. Par conséquent, il n'a aucune envie d'avoir à se justifier de son choix devant sa hiérarchie. Il ne peut admettre qu'il se soit trompé sur son compte. Et il sait qu'il ne s'est pas trompé. Mais, il a besoin de le prouver. Il ne veut pas avoir à répondre à des appels téléphoniques à l'heure du laitier.

De retour au studio, Jacob tente de retrouver sa sérénité, persuadé qu'il existe une explication à ce qu'il lui arrive.

Mais avant tout, il lui faut retrouver Igor qui s'est volatilisé dans la nature, comme par enchantement, maintenant que le mal est fait.

Comment faire ?

Il ne parle pas russe et il ne connaît personne à Novossibirsk.

Chère lectrice, cher lecteur !

A ce stade de l'histoire, qu'auriez-vous fait si vous étiez à la place de Jacob BILLIGER ? Seriez-vous en mesure d'écrire la suite de cette histoire ?

Oui ?

Alors, installez-vous confortablement, prenez une feuille, un stylo et faites vous plaisir.

Ensuite, reprenez mon livre, allez à la page suivante et prenez connaissance de la suite de cette histoire incroyable.

Comparez !

11

Rentré un peu plus tôt, Jacob profite de cet après-midi, « en semi-liberté, la bride sur le cou » pour flâner dans son quartier tout en caressant le secret espoir de croiser Igor sur son chemin.

Autant chercher une aiguille dans une botte de foin.

Il déambule dans la ville comme une âme en

peine, son cartable à la main.

Pas l'ombre d'un cheveu d'Igor à l'horizon.

Le voilà dans la rue SOVIETSKAÏA, à deux pas de la cathédrale St-Alexandre-NEVSKI.

Machinalement, il rentre dans la cathédrale pour prier.

Cela ne lui ressemble guère, lui qui refuse la métaphysique, lui qui n'a pas la foi.

Pourtant, il a besoin de ce moment de silence et de cet instant de recueillement.

Il a une question brûlante.

Les anges ont-ils la réponse ?

Rien n'est moins sûr.

Il a toujours pensé que Dieu ne serait qu'une pure illusion au service de ceux qui fuient le diable et ses mystères.

Alors, ainsi prostré sur ce banc au dernier

rang au fond de la cathédrale, qu'est-ce qui le différencie de ces hommes et de ces femmes qu'il a toujours évité de côtoyer pour ne pas se compromettre avec leurs bondieuseries ?

Autrement dit, quel est ce dénominateur commun qui les rassemble dans ce lieu en cet instant précis si ce n'est la peur de l'inconnu ?

Une forme de collégialité face au « diable » (sens générique) : pour les uns, identifier et résoudre les difficultés existentielles, pour les autres, essayer de comprendre la soudaineté d'un événement ou d'une situation qui les submerge.

Il se souvient de la parole d'un de ses étudiants aux États-Unis avec lequel il discutait souvent de « Dieu » et qui lui disait en substance, en paraphrasant et en adaptant une pensée de Shakespeare à savoir :

«... Si tu n'as pas Dieu en toi, tu es un traître. Et les traîtres sont toujours punis un jour ».

L'heure de sa punition a-t-elle sonné ? Igor

est-il sa punition ?

Pourtant, il ne se considère pas comme un traître. Il ne se mêle pas des affaires de Dieu, ni de près ni de loin. Il ne se considère pas non plus comme un opportuniste en se retrouvant dans ce lieu dans lequel, Dieu est le dernier recours lorsque l'entendement de l'être humain a atteint son apogée.

Le voilà dans un dialogue paradoxal avec lui-même : lui, l'ingénieur à l'esprit cartésien, lui le grand BILLIGER, créateur d'une doctrine mondialement connue, imbu de lui-même, maîtrisant sa science à la perfection, mais aujourd'hui, stoppé net dans sa grandeur par une rumeur persistante, une banale rumeur qui l'oblige à faire profil bas et adopter une position teintée d'une grande humilité.

D'aucun dirait que, ce n'est pas l'heure de sa punition qui a sonné, mais celle de son éveil, l'éveil de sa nécessaire humilité.

12

Le retour de l'enfant prodigue dans la maison du père, accueilli avec bonté malgré sa terrible arrogance face à la vie. Sa présence en ce lieu, est un événement improbable dans la vie de celui qui prône l'auto-suffisance à tous les niveaux, tant spirituel que temporel.

Toujours prostré sur son banc au fond de la cathédrale, il est plongé dans une sorte de rêverie depuis quelques minutes quand, des bruits de pas qui claquent lourdement sur le sol, le ramènent à la réalité.

Il se redresse et regarde d'un peu plus près. Il aperçoit un groupe de quatre militaires, se dirigeant d'un pas cadencé vers la nef centrale de la cathédrale.

Il les regarde s'éloigner et tout à coup, une idée lui traversa l'esprit.

Oui, bien sûr! se dit-il en se tapant le front avec la paume de sa main.

Pourquoi n'y a-t-il pas pensé avant ?

Si la police enquête sur lui, alors pourquoi ne pas aller directement se renseigner à la source de l'information dans les locaux de la police ?

Ça vaut ce que ça vaut.

Mais ils se sent soulagé d'avoir trouvé ce début de piste pour décanter la situation.

Une démarche spontanée auprès de la police vaut mieux qu'un mandat d'amener délivré contre lui.

Il évite ainsi les désagréments afférents aux rudes méthodes de traitement appliquées par les agents assermentés emmurés dans la religion de la loi.

Il ne peut se permettre le luxe suprême d'une arrestation musclée médiatisée, susceptible d'entacher irrémédiablement sa réputation et compromettre la suite de sa prestigieuse mission au sein de l'université.

Il jette un coup d'œil à sa montre. Il est environ 17h. Il réfléchit un court instant. Trop tard pour se rendre dans les locaux de la police. D'autre part, ne parlant pas le russe, il a besoin de préparer deux ou trois phrases lui permettant d'annoncer l'objet de sa visite dans les locaux de la police. Pour l'interprétariat, il verra sur place avec les personnes chargées d'instruire son affaire, à moins qu'elles soient parfaitement bilingues.

Il se lève prestement, se dirige vers la sortie et ne peut s'empêcher de dire en toute humilité : « *MERCI* » en franchissant le seuil de la porte de la cathédrale.

Merci à qui et pour quelle raison ? Il n'en sait rien, mais il a ressenti une envie de le dire en sortant de la cathédrale.

Il se sent dans la peau d'un malade qui va mieux tout à coup aussitôt que le rendez-vous avec le médecin est fixé. Effet psychologique bien connu démontrant la puissance du mental sur le corps. Lui, si fatigué au moment de son entrée dans la cathédrale, en ressort moins démoralisé, regonflé à bloc, prêt à se battre et se voit déjà totalement blanchi des charges qui pèsent sur lui.

13

Sur le chemin du retour, il a hâte de rentrer au studio afin de rédiger les deux ou trois phrases d'introduction au bureau de police.

Arrivé au studio, il se met aussitôt au travail. Le dîner peut attendre.

Pour plus plus de cohérence et de clarté dans la mesure où il ne pourra pas s'exprimer en russe, il effectue en premier lieu et en anglais, le récit détaillé des événements survenus depuis sa première rencontre avec Igor jusqu'à son entrevue avec le directeur du projet dans les locaux de l'université.

Il met son texte au propre dans le cas où, les enquêteurs voudraient (à travers son document) avoir une première idée sur le déroulé des faits avant de décider ou non de poursuivre leur enquête sur lui.

Mais en se relisant, il se pose une multitude de questions aussi importantes les unes par rapport aux autres.

Le document qu'il vient de rédiger, serait tout à fait conforme aux us et coutumes aux Etats-Unis en matière de rapport entre les citoyens et leur police.

Mais qu'en sera-t-il en Russie de ce document dans les mains de la police russe ?

Comment savoir si ce qui est consigné dans son document ne serait pas préjudiciable pour lui, dans ce pays vis-à-vis duquel il ignore tout sur la manière de se comporter avec les autorités de la police judiciaire ?

Faut-il rester factuel et éviter d'exprimer des ressentis ?

Faut-il éviter de rédiger un document qui pourrait être exploité en sa défaveur ?

Faut-il absolument se méfier de l'apriorisme des enquêteurs chargés d'apporter la preuve qui permettra à coup sûr d'étayer et confirmer les conclusions déjà pré-établies ?

Pourtant, il ne devrait pas se poser toutes ces questions.
Il doit rester confiant.
Par définition et avant tout, la Russie est un pays de droit comme la plupart des pays dits développés.

De quoi pourrait-il avoir peur ?

Il n'est pas une personne lambda sur le sol russe : il est l'invité du pays et à ce titre, il ne devrait pas s'émouvoir devant les piètres gesticulations d'une crapule probablement à la solde de quelques intérêts privés dans le pays ou à l'international.

Certitude ?

Supputation ?

Ou tout simplement, un moyen efficace de se donner du courage avant sa confrontation avec la police, lui le célèbre, le respecté Jacob BILLIGER ?

Assis à sa table devant son document mille et une fois relu, perdu dans ses pensées, c'est le moment pour lui, (et pour la première fois de sa vie), de se remettre en question, de se voir tel qu'il est, sans artifice, ni auréolé de sa gloire conférée par ses habits d'érudit, fragilisé par un minuscule « insecte » qui est venu bourdonner autour de ses oreilles et ainsi troubler sa quiétude dans sa vie agréablement bien rangée. Le voilà redevenu « Homme », un homme ordinaire, un justiciable pas au-dessus de tout soupçon.

14

Il se fait tard.

Il prit la décision de préparer son dîner.

Le voilà devant la cuisinière, tentant de se concentrer sur sa préparation. Pas de fioriture, juste le strict nécessaire pour un repas acceptable et digeste qu'il dévora tel un robot affamé.

Après ce dîner vite expédié, il poussa son assiette et ses couverts de côté, puis reprit son document pour une dernière relecture avant de se préparer pour la nuit.

Au cours de cette ultime relecture, une autre idée germa dans son esprit.

En tant que citoyen américain sur le sol russe, le mieux qu'il puisse faire, ne serait-il pas de contacter son ambassade à Moscou pour se faire assister ?

Richissime idée qui mettrait un terme à son tourment. Oui mais une telle démarche serait de nature à impliquer deux États et pourrait provoquer la mise à l'arrêt de ce programme d'échange de professeurs. Or Jacob tient par-dessus tout à sa mission pour les raisons que vous savez déjà.

Le lendemain après une nuit étonnamment calme et un petit-déjeuner frugal vite expédié, le voilà prêt à se rendre dans les locaux de la police.

Il vérifie une dernière fois que son document est bien rangé dans son cartable.

A ce moment précis où il s'apprête à regagner la rue, son capital confiance est à son top. Il ne regrette absolument pas d'avoir accepté cette mission pour laquelle, il est prêt à affronter toutes les polices du monde pour défendre son honneur. Il ne ressent aucun remords d'avoir choisi d'écrire son document plutôt que d'utiliser la voie diplomatique pour résoudre son problème. Et curieusement, il a une confiance aveugle quant aux résultats de son entrevue avec les enquêteurs.

Voilà en quelques mots, à quoi se résume son état d'âme en cette matinée frisquette.

Il fait signe à un taxi et se fait conduire devant le poste de police. Il paie la course et se dirige vers l'entrée.

Une première épreuve : passer le barrage des deux policiers en faction devant le poste de police. De sa poche, il tire un bout de papier qu'il tend à un des policiers en faction.

- « *Доброе утро, сэр, я американский горожанин. Я не говорю по-русски. Я хотела бы встретиться с офицером.*

Могу я войти? »

(*Bonjour Monsieur. Je suis un citoyen américain. Je ne parle pas russe. Je voudrais parler à un officier. Puis-je entrer ?*)

Après avoir parcouru le contenu du papier, le policier le dévisage un court instant puis, se rapproche de son collègue et lui tend le papier. Après l'avoir lu, le second policier lui réclame avec une certaine autorité et en anglais :

- « *Passport, please !* »

(*S'il vous plaît, votre passeport*)

Il obtempère et lui tend son passeport.

Après une vérification sommaire, le policier l'invite à le suivre à l'intérieur du poste de police, lui intime l'ordre de l'attendre dans la salle d'attente et disparaît dans un dédale de couloirs.

15

Après un très long moment d'attente, le policier réapparaît et lui demande d'attendre puis, ressort rejoindre son collègue.

Près de deux heures plus tard, une policière en uniforme se présente et lui demande de la suivre.

Il était temps. Il commençait à trouver le temps long, regrettant presque de s'être mis dans cette situation. Il ne pouvait pas non plus se lever et s'en aller. Son passeport est détenu quelque part dans un des bureaux. Il s'imagine aisément l'effervescence qu'il a déclenchée en se présentant dans le locaux de la police.

D'un pas hésitant, il suit tant bien que mal la policière qui marche à grands pas à travers le dédale des couloirs.

Un instant plus tard, la policière marque un arrêt et toque à une porte. Elle attend le feu vert.

Elle reçut l'ordre de rentrer. Elle ouvre la porte et pénètre dans le bureau. Elle salut. Elle invite Jacob à entrer à son tour.

Il obtempère et pénètre à son tour dans le bureau. La policière ressort du bureau et referme la porte derrière elle.

Jacob se retrouve seul, face à trois personnes assises du même côté du bureau. Deux d'entre elles en uniforme, la troisième en costume gris clair.

La personne en costume l'invite (dans un

anglais impeccable), à s'asseoir sur la chaise en face.

Il le remercie par un signe de la tête, prend place et attend la suite.

Il comprit que cette personne en costume gris est l'interprète et qu'ils ont dû attendre son arrivée avant de le recevoir. Ce qui pourrait expliquer les deux heures d'attente, à moins que ...... Il attend de voir.

- « *Vous avez souhaité vous entretenir avec un officier. L'officier supérieur et son adjoint ici présents, ont accepté de vous écouter. Je vais assurer la traduction. Je m'appelle Dimitri.* »

Jacob se penche sur le côté, saisit son cartable déposé à terre au moment de s'asseoir, le pose sur ses genoux. Il l'ouvre et sort son précieux document.

- « *Je voudrais remercier l'officier et son adjoint d'avoir accepté de me recevoir sans rendez-vous.*
Je m'appelle Jacob BILLIGER, je fais partie

du programme d'échange de professeurs entre la Russie et les États- Unis.

Dans la mesure où je ne parle pas le russe, j'ai pris la liberté de rédiger un mémoire pour exposer l'objet de ma démarche auprès de votre administration. »

Ceci dit, il se lève et tend le document à l'officier supérieur.

Tous les trois se concertent puis, l'adjoint décroche le combiné et parle à quelqu'un.

Une minute plus tard, la policière en uniforme toque à la porte et se tient dans l'embrasure.

- « *La secrétaire va vous raccompagner dans la salle d'attente. Nous avons besoin d'un peu de temps pour lire et comprendre votre document.* »

ajoute l'interprète.

Jacob se lève, passe devant la secrétaire qui referme la porte du bureau. Elle le reconduit dans la salle d'attente et l'invite à s'asseoir.

Ma dernière nuit en Sibérie

16

Une heure plus tard, l'interprète se présente devant lui.

Jacob se lève et se rend disponible.

- « *Nous avons étudié votre document. Rentrez chez vous. Nous vous contacterons dans quelques jours. Voici votre passeport. Bonne journée Monsieur BILLIGER.* »

- « *Je vous remercie. Au revoir Monsieur*

DIMITRI. »

Sur ces civilités, les deux hommes se quittent. Dimitri disparaît dans le dédale des couloirs, Jacob se dirige vers la sortie.

Ce qu'il ressent à cet instant précis, c'est la satisfaction d'avoir anticipé la réaction de la police concernant l'enquête diligentée contre lui.

Selon lui, le simple fait de s'être présenté spontanément à la police, l'innocente à moitié. Cela prouve (toujours selon lui) qu'il n'a rien à se reprocher.

Mais, rien n'est moins sûr.

D'un autre côté, comment comprendre le message laconique de l'interprète qui lui intime l'ordre de rentrer chez lui et d'attendre la convocation de la police ? Une sorte d'assignation à domicile ? Non, il lui a rendu son passeport. Le signe qu'ils lui font confiance ? Oui, il le croit.

Dans le cerveau de Jacob, les idées s'entremêlent confusément, le faisant tour à tour passer d'un état d'extrême optimisme à celui du dépressif qui a touché le fond sans le moindre espoir de pouvoir remonter la pente, privé de la nécessaire énergie motrice.

L'idée d'une possible démission lui a traversé l'esprit, mais sa fierté et son arrogance légendaire ont très vite écarté cette possibilité.

Jacob BILLIGER ne démissionne pas.

Il ne veut pas et ne peut pas périr sous les coups d'un ennemi invisible.

Dans cette affaire, son ennemi mortel avéré, ce n'est pas Igor et ses « amis ». C'est cette lassitude qui le guette et qui potentiellement le pousserait à cette démission qui n'est pas (de son point de vue) à l'ordre du jour.

Pourtant, il se retrouve dans ce rapport d'interlocution permanente avec lui-même sur la nécessité de se dévêtir de son arrogance pour voir et appréhender la réalité dans ce pays pareil à nul autre.

Il reste inflexible.

Il ne peut se dévêtir de cette arrogance qui est profondément inscrit dans son ADN de par cette générosité qui le caractérise dans le partage de son savoir avec les autres, ses prodigalités (ses implications excessives dans la politique agricole des États qui lui font l'honneur de l'écouter), qui naturellement le conduisent vers cette attitude arrogante.

Ses amis sont à des milliers de kilomètres. Vers qui se tourner si ce n'est lui-même face à l'adversité ? D'aucun dirait que, s'il n'y a pas d'adversité, la réussite n'aurait pas cette saveur si agréable que nous pouvons expérimenter.

Dans tous les cas, la prudence est de mise.

La solitude le pèse. Comment s'en détacher ?

Il déambule ça et là à travers Novossibirsk, tel un robot, son cartable à la main, le visage triste, le pas mal assuré.

17

Il finit par prendre un taxi qui le dépose à son domicile.

Il est environ 15 heures. Il n'a rien dans l'estomac. Il lui faut manger quelque chose rapidement. Il fait une crise d'hypoglycémie. Il ouvre le réfrigérateur. Il n'y a pas grand-chose. Il réussit quand-même à se préparer un plateau. Il faudra ressortir pour faire quelques courses alimentaires avant la nuit.

21 heures.

Il fait noir dehors. Le temps est très frais, presque froid. C'est la fin de l'automne. Une période où, (avec l'hiver qui annonce son avènement), chacun reste bien au chaud à la maison.

Dans son canapé-lit, Jacob profite de ce temps libre pour se plonger dans la lecture de quelques revues arrivées dernièrement des Etats-Unis. Des articles qui ne l'intéressent pas vraiment, mais qu'il s'efforce de lire pour meubler son esprit et achever l'œuvre de cette fatigue nerveuse qu'il traîne depuis quelques jours.

1 heure du matin.

Épuisé, il s'endort.

5 heures du matin.

Encore dans son profond sommeil, Jacob est réveillé en sursaut par des coups répétés assénés à sa porte.

Il ouvre les yeux et essaie de comprendre ce qui se passe. Il allume sa lampe de chevet et regarde l'heure.

Il pense tout d'abord à un incendie survenu dans l'immeuble. Il se lève et se précipite à la porte, tandis que les coups continuent d'être assénés sur la porte. Il ouvre enfin la porte.

Quelle ne fut sa surprise de voir face à lui, un groupe de personnes, certaines en habits civils, les autres, en uniforme, arme à la main.

Son cœur se mit à battre à tout rompre.

Aussitôt la porte ouverte, les personnes en uniforme se précipitent dans le studio, et le plaquent contre le mur sous bonne garde.

Sa première réaction, répéter en boucle :

« *Je veux parler à mon ambassade !* »

Personne ne lui répond.

Quelques secondes plus tard, l'interprète de la veille au poste de police, entre à son tour dans le studio. Il se rapproche de lui, le dévisage un moment, puis lui annonce :

- « *La sécurité du territoire a signé un mandat de perquisition. Nous sommes là pour exécuter ce mandat.* »

Jacob est interloqué.

- « *La sécurité du territoire ? …. Qu'est-ce que j'ai fait ? Qu'est-ce que cela veut dire?* »

- « *Je ne suis pas autorisé à vous le dire. Vous en saurez plus dans les locaux de la sécurité du territoire.* »

- « *Appelez mon ambassade !* »

hurle Jacob.

- « *Cela ne vous sert à rien d' hurler. L'ambassade sera informée en temps et en heure. Pour l'instant, laissez-nous faire notre travail et cessez de crier.* »

répond l'interprète sèchement.

Alors, les agents en uniforme, se livrent à une fouille méthodique et minutieuse, allant jusqu'à inspecter l'intérieur de ses chaussures, créant et laissant un véritable chaos derrière eux.

Il saisissent son ordinateur portable et divers documents en rapport avec sa mission.

Jacob observe la scène à laquelle il assiste, se demandant sur quelle planète il se trouve.

Après une bonne heure de cette violente torture psychologique, en accord avec le chef du commando, l'interprète lui intime l'ordre de se vêtir (sous bonne garde) aux fins de son transfert dans les locaux de la sécurité du territoire, menottes aux poignets.

18

Débarqué sous bonne escorte dans les locaux de la sécurité du territoire, Jacob est dans un premier temps isolé dans une pièce dans laquelle il a été démenotté à la main gauche et attaché à une barre fixe dans un coin de la pièce.

De temps en temps, un agent armé ouvre la porte et vérifie que tout est en ordre dans la pièce.

Les heures se sont égrenées tout au long de la matinée. Il n'a ni eau, ni nourriture.

Lui, Jacob BILLIGER adulé, respecté, écouté, habitué aux palaces les plus huppés, les plus chers, les plus luxueux, aujourd'hui assis sur une chaise fixée au sol, attaché à une barre de fer dans les locaux de la sécurité du territoire comme un vulgaire criminel.

Comment en est-il arrivé là ? Seule son audition lui permettra d'en savoir plus. Pour l'heure, ni ambassade, ni avocat. Il est seul, désespéramment seul face à son devenir dans cette affaire qui dépasse son entendement.

Vers midi, le même agent revint dans la pièce avec un sandwich et une petite bouteille d'eau qu'il déposa à ses pieds à même le sol et s'en est allé sans se retourner.

Il est descendu plus bas que le chien qui reçoit sa pitance dans sa gamelle. Lui, il la reçoit à même le sol, tel un misérable à qui on jette les restes de la tablée.

A ce stade, manger ou ne pas manger, quelle

importance?

Dans sa situation, il ne sait plus à quel monde il appartient : celui des vivants ou celui des morts ? Celui des hommes ou celui des animaux ?

Instinct de survie oblige, il parvint à attraper la petite bouteille d'eau par le goulot et se désaltéra tant bien que mal. Sa bouche étant terriblement sèche il ne put garder l'eau dans sa bouche qui dégoulina sur son pull-over. Il déposa la bouteille et essaya tant bien que mal d'essuyer les gouttes d'eau sur son sur pull-over. Il essuya une larme avec le revers de sa main libre.

Grandeur et décadence !

A quoi se résumait sa vie ?

Paraître, accaparer la lumière de la célébrité. Tutoyer les sommets de la gloire. Dispenser son savoir. Être celui qui sait, celui que l'on écoute avec respect même si l'on est pas d'accord.

A présent, pour la deuxième fois en peu de temps, il lève les yeux au ciel pour implorer le secours de la divine providence.

Que peut-elle faire pour lui en cet instant précis ? A t-elle droit à la parole dans ce lieu ? Quelle est sa marge de manœuvre dans ce local isolé de la sécurité du territoire ?

L'épaisseur des murs pourra-t-elle laisser passer sa supplique adressée à Dieu ?

Sa ferveur soudaine (probablement inspirée par son ange gardien), saura-t-elle effacer efficacement ces années d'autosuffisance spirituelle doublée d'une arrogance indéniable, au point d'ignorer jusqu'à l'existence de Dieu ?

19

14 heures.

Deux agents armés entrent dans la pièce. Ils s'approchent de lui. L'un d'eux sort une clé de sa poche et déverrouille la menotte attachant Jacob à la barre de fer, et l'attache à son propre poignet.

Il lui dit quelque chose en russe, puis le fait se lever. Ils ressortent tous les trois de la pièce.

Dans le dédale des couloirs, ils s'arrêtent devant une porte. L'agent aux mains libres, ouvre la porte et inspecte les lieux. Il donne le feu vert à son collègue qui fait entrer Jacob dans les toilettes.

Pour la première fois, il vit cette expérience douloureuse et surréaliste de devoir sortir son sexe d'une main de son pantalon, afin de se soulager devant une tierce personne.

Heureusement, la nature est bien faite. Il lui a suffit d'attendre un peu en se concentrant. Il réussit à se soulager, libérant ainsi sa vessie prête à exploser. Il range son sexe et demande à se rapprocher du lavabo pour se laver la main souillée, à défaut de pouvoir décrasser son corps dans son entièreté de toute cette souillure accumulée sur lui depuis l'aube. L'agent accepte et lui permet de se laver la main souillée.

Ensuite, comme avant de pénétrer dans les toilettes, l'autre agent sort le premier et donne le feu vert. Ils ressortent des toilettes et se redirigent vers la pièce isolée. Même procédure de vérification, puis réinstallation du prévenu Jacob BILLIGER dans les mêmes conditions.

21 heures.

Un sandwich et une demi bouteille d'eau, servis dans les mêmes conditions de mépris.

A présent, à ses pieds, deux sandwiches au saumon gisant pitoyablement dans leurs emballages de fraîcheur.

Trop fier pour ramasser sa pitance à même le sol, Jacob refuse de céder à la faim qui le tenaille. Pourtant, il lui faut manger quelque chose. Il est diabétique. Il ne sait pas où il en est avec sa glycémie. Il ne pourra pas la mesurer. Il ne sait pas comment on dit « diabète / insuline » en russe. Ces deux mots-clés pourraient lui sauver la vie s'il arrive à se faire comprendre.

Mais à quoi bon s'insurger et réclamer des conditions de détention un peu plus humaines puisqu'il est considéré comme un moins que rien ?

Le traitement qu'il subit, semble l'attester.

23 heures.

Un dernier pipi pour la nuit.

Jacob profite de l'occasion pour prononcer ces deux mots essentiels à la sauvegarde de sa vie.

« *Diabétique / Insuline* »

en espérant que cela ait un écho aux oreilles de ses gardiens, en espérant que ces deux mots se prononcent de la même façon en russe qu'en anglais.

Oui, il a raison. « *Diabetic* » en anglais, se prononce « *Diabeticheskiy* » en russe.

Et effectivement, les deux agents semblent avoir compris le message, cette forme de SOS qu'ils ne peuvent ignorer et manquer de signaler à l'officier de garde.

Une heure plus tard, sous bonne garde, un médecin civil pénètre dans la pièce accompagné de l'officier de garde.

Il semble choqué de voir les conditions de détention de cet américain dont il ignore tout, notamment la perspective pour le prévenu de passer la nuit sur une chaise.

Avant de prodiguer les soins, il demande à ce que Jacob soit détaché. Il put l'examiner sommairement, mesurer son taux de glycémie, puis lui administra la dose d'insuline nécessaire pour équilibrer sa glycémie.

Il plaida également pour qu'une couverture soit apportée et qu'une solution moins contraignante soit trouvée pour permettre au prévenu de pouvoir s'étendre quelques heures, vu son état de santé.

L'officier de garde, prit la décision après un temps d'hésitation, de faire le nécessaire pour qu'une couverture soit apportée et que Jacob puisse s'étendre quelques heures et se reposer.

En repartant, le médecin civil lui laissa (avec l'autorisation de l'officier de garde), quelques morceaux de sucre pour le lendemain au cas où.

L'idée de prononcer devant le médecin civil les mots « *US Embassy* », lui traversa l'esprit un moment. Mais il ne sait pas quelles seraient les représailles après le départ du médecin civil, d'autant plus qu'il ne sait toujours pas ce qui lui est reproché. Il pourrait aggraver son cas.

Rassuré d'avoir reçu les soins dont il avait besoin, fourbu, il sombra dans un sommeil profond, oubliant presque ses conditions de détention, couché à même le sol, sur une couverture.

20

La providence est à la manœuvre.

Les prières secrètes de Jacob sont parvenues malgré tout aux oreilles de celui qui a accueilli le fils prodigue avec une infinie bonté dans sa demeure à son retour.

Tout à coup, dans ce ciel très sombre au-dessus de sa tête, une lueur semble se dessiner. Il ne le sait pas encore.

En effet, en rentrant chez lui au cœur de cette nuit noire, le médecin civil n'a pas cessé de penser à cet américain à qu'il vient de sauver la vie.

Il comprend qu'il est privé de ses droits les plus élémentaires, mais s'agissant de la sécurité du territoire et d'un prévenu de nationalité américaine, son pouvoir est limité, même en tant que médecin.

Alors, après mûre réflexion, il s'arrêta près d'une cabine téléphonique et appela une amie journaliste indépendante.

- «*Allo, Irina ?* »

- « *Oui Andreï , que se passe-t-il ? Pourquoi tu m'appelles si tard ?* »

- « *Je peux te parler une minute ?* »

- « *Oui Andreï. Tu m'inquiètes !* »

- « *Es-tu au courant que la sécurité du territoire détient un ressortissant américain dans ses locaux à Novossibirsk ?* »

- « *Non Andreï. Première nouvelle. Qu'a-t-il fait ? … Il s'appelle comment ? … Comment tu es au courant de cette affaire ?* »

- « *Je ne ne peux répondre à aucune de ces questions que tu me poses. Tout ce que je peux te dire, c'est que j'ai été appelé en urgence pour lui administrer de l'insuline. Il était au bord du coma. J'ai été choqué de voir dans quelles conditions il est détenu. Peux-tu faire quelque chose auprès de son ambassade pour en savoir plus s'il te plaît ? Il y a vraiment urgence.* »

- « *Oui Andreï. Je vais voir ce que je peux faire. Sois prudent mon ami.* »

- « *Irina, je ne t'ai pas appelé. Je ne t'ai rien dit. N'est-ce pas ?* »

- « *T'inquiète ! Bonne nuit.* »

- « *Bonne nuit Irina.* »

Après cette conversation inattendue avec son ami le docteur Andreï, Irina réfléchit un instant puis, recherche le numéro de téléphone de l'ambassade des Etats-Unis à Moscou.

Malgré l'heure tardive, Irina tente de joindre l'ambassade en espérant joindre au plus vite un responsable.

Journaliste indépendante, c'est une affaire qui pourrait lui apporter une certaine notoriété surtout si elle est seule sur le coup.

Les affaires présumées d'espionnage font toujours grand bruit et pour elle, être sur le coup, c'est avoir une belle longueur d'avance sur ses confrères, et en toute indépendance.

21

Plusieurs tentatives plus tard, Irina réussit à joindre la responsable de la cellule des urgences diplomatiques, cellule ouverte 24/24, 7/7.

Elle lui raconta toute l'histoire en insistant sur le caractère urgent de la situation de ce ressortissant américain détenu dans les griffes de la sécurité du territoire.

La responsable américaine jugea l'affaire suffisamment grave pour en référer à sa hiérarchie, qui à son tour, jugea utile de réveiller l'ambassadeur qui ordonna la saisine du ministère de l'intérieur.

De son côté, Irina rédigea un papier qu'elle réussit à vendre au journal avec lequel elle collabore habituellement. L'édition du matin étale l'affaire en première page.

Aux toutes premières heures de la matinée, Novossibirsk est au courant de ce qui se passe dans les locaux de la sécurité du territoire. Les commentaires vont bon train dans les cafés.

Le ministre de l'intérieur eut une conversation houleuse avec l'officier supérieur de la sécurité du territoire de Novossibirsk, l'accusant de n'avoir pas su protéger le secret absolu sur cette affaire qui relève du secret défense. Il ordonna que Jacob BILLIGER soit relâché et assigné à résidence pendant que l'enquête se poursuit. Pour terminer, il exige un rapport complet sur l'affaire avant la fin de la matinée.

Effervescence et grosse panique à la sécurité du territoire. L'officier supérieur arbore son visage des mauvais jours. Il convoque son staff et exige des explications en hurlant de toutes ses forces. Les murs de son bureau peuvent en témoigner.

La seule personne étrangère au service ayant approché le prévenu, est le médecin civil venu lui administrer de l'insuline.

L'ordre fut immédiatement donné de vérifier les appels passés depuis le téléphone du docteur et de son entourage ces dernières 24 heures.

Aucun appel en direction de l'ambassade des Etats-Unis à Moscou.

Ils ne comprennent pas. Une enquête interne est ordonnée. Il faut trouver un coupable à tout prix. Tout le monde en prend pour son grade, depuis les deux gardes qui ont signalé son début de crise de diabète et ses possibles complications (pour que cela ne leur retombe pas dessus) jusqu'à l'officier de garde qui a fait entrer un médecin civil dans les locaux de la sécurité du territoire, qui se justifie en évoquant le caractère urgent de la situation.

Le recours à un médecin militaire, aurait nécessité des délais incompatibles avec l'état de santé du prévenu.

Des sanctions disciplinaires vont pleuvoir, prévient l'officier supérieur.

Il ne veut pas endosser la responsabilité de cette entorse à la règlementation.

En désespoir de cause, et conformément aux ordres du ministre de l'intérieur contre lesquels personne ne peut s'opposer, Jacob BILLIGER est relâché et reconduit à son domicile où il est assigné à résidence jusqu'à la fin de l'enquête.

Cette assignation à résidence est assortie de conditions de sortie uniquement pour les achats de premières nécessités. Le prévenu est par ailleurs autorisé exceptionnellement à effectuer une promenade quotidienne d'une demi-heure le matin et l'après-midi dans un périmètre n'excédant pas 1 km autour de son domicile. Il lui est possible de recevoir la visite d'un médecin après en avoir informé la sécurité du territoire.

Le passeport est saisi.

Interdiction de retourner à l'université.

Ma dernière nuit en Sibérie

22

Après une longue douche au cours de laquelle chaque centimètre carré de sa peau est soigneusement astiqué, Jacob se mit au lit et plongea aussitôt dans un profond sommeil durant plusieurs heures.

Il émergea de ce long sommeil tard dans l'après-midi et se demanda où il est. Il regarde autour de lui. Il a du mal à se situer dans l'espace. Début de panique. Où sont les deux gardes ? Ils ne sont pas là. Il n'est pas menotté.

Progressivement il réalise qu'il est chez lui, dans son lit. Il ressent une douleur aux poignets. Il étend ses bras devant lui et observe ses poignets. Il se souvient de tout. Les menottes ont meurtri sa chair et laissé dans son esprit, un souvenir indélébile. Il a la gorge nouée. Il a les larmes aux yeux mais trop fier pour pleurer. Ce serait leur faire trop d'honneur.

Il a soif.

Il réussit à se mettre debout. Il a la tête qui tourne un peu. Il tremble. Il avance prudemment vers le réfrigérateur. Il n'a pas tout à fait retrouvé son équilibre qui a vacillé lors de son incarcération.

Arrêté net dans sa progression, il s'est retrouvé dans la position du cycliste qui fait du surplace sur son vélo. Résultat : il perd l'équilibre et se retrouve à terre. Sa priorité : se relever, se remettre en selle et continuer à avancer.

Vingt-quatre heures d'un traitement inhumain suffisent à transformer le caractère d'un homme, aussi fort, aussi déterminé qu'il puisse être.

Il était amoureux de la vie. A présent il pourrait faire l'éloge du néant.

Il était sidéré par le génie des hommes. A présent, il s'interroge sur la capacité de l'homme à discerner ce qui est de ce qui n'est pas.

Il était le sachant. A présent, il se sent ignorant des règles simples de survie de son espèce.

Il se sent tout à coup déphasé. Ce qu'il vient de vivre n'est pas en harmonie avec ce qu'il croit connaître de la réalité du rapport de l'homme avec ses semblables au sein de la société. Il sait à présent que "les morsures de la calomnie laissent toujours des cicatrices ", telle une balafre en plein visage qui ne peut ni se dissimuler ni s'estomper avec le temps.

Il est devant le réfrigérateur. Il l'ouvre. Il sort la bouteille d'eau de source. Il se sert un grand verre. Un vrai trésor dans les mains. De l'eau fraîche, qui coule lentement au fond de sa gorge.

Son verre à la main, il esquisse quelques pas dans ce minuscule studio. Il a besoin de reprendre possession de ce lieu qui lui paraît si grand tout à coup depuis son séjour dans la pièce exiguë de la sécurité du territoire.

Il peut aller et venir à sa guise sans devoir demander la permission.

Quelques instants plus tard, il s'installe à nouveau dans le canapé-lit. Sa pensée est à nouveau envahie par cette affaire. De plus, à la réflexion, il ne sait toujours pas ce qu'il a fait de mal pour subir cette torture physique et pychologique.

23

18h30.

Le téléphone sur la ligne fixe se met à sonner. Un peu hésitant, il avance prudemment vers le poste posé sur le guéridon.

Il décroche le combiné.

- « *Allo !* »

- « *Allo ! Monsieur BILLIGER ?* »

demande l'interlocuteur en anglais.

- « *Oui, Jacob BILLIGER l'appareil. Qui êtes-vous ?* »

- « *JOHNSON William, de l'ambassage des Etats-Unis à Moscou. Vous avez une minute à m'accorder ?* »

- « *Enchanté ! Heureux d'entendre une voix amie. ... Oui, j'ai tout mon temps comme vous le savez déjà.* »

- « *Eh bien, nous venons de recevoir une note d'information portant sur votre prochaine audition dans les locaux de la sécurité du territoire à Novossibirsk, demain en début d'après-midi. Nous vous avons trouvé un avocat bilingue qui vous assistera au cours de cette audition. Nous serons en étroit contact avec lui afin de suivre cette affaire.* »

- « *Avez-vous des questions ?* »

- « *Oui j'ai une question.* »

- « *Je vous écoute Monsieur BILLIGER.* ».

- « *Ils viendront me chercher avec les menottes entre deux agents armés ?* »

- « *Non Monsieur BILLIGER. Rassurez-vous. C'est votre avocat qui ira vous chercher à votre domicile. Ça vous va ?* »

- « *Oui Monsieur JOHNSON. Merci.* »

- « *Une autre question ?* »

- « *Non Monsieur JOHNSON.* »

- « *Bien! Bonne soirée Monsieur BILLIGER. A demain.* »

- « *Bonne soirée Monsieur JOHNSON.* »

Jacob repose le combiné sur le socle du téléphone.

Il ne peut s'empêcher de se servir un verre de vodka. Puis un second.

Brusque poussée de tension. Il est obligé de se coucher. Il attend de se sentir mieux. En attendant, ses réflexes de communiquant reprennent le dessus. La veille d'une conférence, il faut revoir le contenu, imaginer toutes les questions possibles, essayer de trouver les bonnes réponses pour asseoir sa crédibilité face à l'auditoire. Choisir le bon costume, la bonne couleur. L'habit fait parfois le moine contrairement au vieil adage, parce que ce qui se cache dans l'âme de celui qui porte ces habits, est au-dessus des apparences.

24

En début de matinée, Jacob reçut un appel de l'avocat saisi par l'ambassade des Etats-Unis qui lui proposa de se voir avant l'audition et de discuter de l'affaire au cours d'un déjeuner.

Il accepta.

Il se retrouvèrent vers 10h30 au studio.

Maître ALEKSANDR écouta le récit de Jacob, prit quelques notes, lui posa des questions précises sur les raisons de sa présence à

Novossibirsk, sur ses activités à l'université, etc... etc ...

Jabob apporta les réponses les plus précises, avec toute l'intelligence qui le caractérise.

L'avocat tiqua sur ce personnage prénommé Igor, qui selon ses sources, n'a jamais existé et qui serait une pure inventionde sa part.

- « *Maître, que me reproche-t-on exactement dans cette affaire ? Pourquoi cet acharnement contre moi ?* »

- « *Je ne sais pas exactement, mais tout semble nous conduire vers une accusation pour espionnage, ce qui est considéré ici comme quelque chose de très grave.* »

- « *ESPIONNAGE ??? Moi ?* »

L'avocat esquisse un sourire.

- « *Oui, tout semble vous désigner comme le parfait espion.* »

- « *Vous voulez dire, celui qui est chargé de*

recueillir clandestinement des documents secrets et livrer des informations sur une puissance étrangère ? »

- « *Oui, très exactement Monsieur !* »

- «*Permettez-moi de vous poser une question maître.* »

- « *Je vous en prie.* »

- «*Vous m'avez bien écouté lorsque je vous ai décrit en long et en large, l'objet de ma mission à l'université ? Vous avez bien écouté les circonstances de mon arrivée en Sibérie ?* »

- « *Oui je vous ai attentivement écouté. Mais il semble que la sécurité du territoire ait une autre version.* »

- « *Une autre version ?* »

- « *Oui Monsieur. Il semble.* »

- « *Laquelle ?* »

- « *Je n'en sais rien. C'est ce qu'il y a lieu de penser en toute logique, vu le traitement qui vous a été infligé. Sinon, pourquoi croyez-vous qu'ils se soient acharnés contre vous comme ils l'ont fait ?* »

25

La discussion se poursuit au restaurant.

- « *A quoi devrais-je m'attendre à l'issue de cette audition ?* »

- « *Cette audition est organisée à mi-parcours de l'enquête officielle. Elle servira à vérifier des points précis relevés au cours de l'enquête officielle. Ni confrontation. Ni contre-enquête. Juste étayer certains points avant le rapport final.* »

- « *Si j'ai bien compris, je suis déjà*

Ma dernière nuit en Sibérie

condamné ? »

- « *Vous savez Monsieur BILLIGER, si l'enquête préliminaire ne révèle rien, vous ne serez plus inquiété.* »

- « *Au pire, ce serait quoi pour moi ? Quel serait mon sort ?* »

- « *Deux options : 1/ selon la gravité, vous serez jeté en prison pour longtemps et vous ferai l'objet d'une tratction entre mon pays et votre pays. 2/ si rien n'est probant, pour ne pas perdre la face, vous serez expulsé du pays. Dans tous les cas, vous ferez l'objet d'une large publicité qui sera relayée partout dans le monde. Vous pourrez dire adieu à votre carrière.* »

- « *Serais-je obligé de répondre aux questions puisque tout sera déjà acté ?* »

- « *Oui, sinon, ce serait considéré comme un outrage à la commission. Et dans ce cas, vous serez incarcéré. Ceci mettra un terme à votre régime allégé vous assignant à résidence surveillée. L'enquête se poursuivra à charge uniquement. Vous voyez à quoi je pense ? »*

Jacob accuse le coup.

- *« Si j'ai bien compris, c'est la fin de ma mission dans le cadre du programme des échanges de professeurs entre la Russie et les Etats-Unis ? »*

- *« Je le crains Monsieur BILLIGER. Je ne voudrais pas vous donner de faux espoirs. La sécurité de l'Etat est primordiale dans tous les pays du monde. »*

- *« Bon, Monsieur BILLIGER, il faudra déjeuner maintenant. Dans une heure nous devons prendre la route. Bon appétit.»*

- *« Bon appétit. »*

Le déjeuner est vite expédié, dans un silence monacal.

Peut-être le dernier avant longtemps.

Alors, il a savouré chaque bouchée. Chaque

lampée de cette délicieuse vodka a été un enchantement pour le palais.

Ce supposé 'dernier repas du condamné' avant l'enfermement ou l'expulsion (selon l'option cochée), revêt une importance particulière.

Vu de l'extérieur, un tel appétit dans une telle perspective d'avenir, surprend.

L'émotion, ça creuse, dit-on.

Et si l'appétit était nécessaire pour étouffer le chagrin à ce moment particulier dans la vie d' un individu, prélude d'une fin certaine ?

26

14 heures précises.

Jacob et son avocat pénètrent dans les locaux de la sécurité du territoire. Ils sont inscrits sur la liste des visiteurs du jour. Un agent en arme, les conduits devant la salle des auditions. Il toque à la porte. Quelques secondes plus tard, porte est ouverte de l'intérieur par un agent qui leur demande d'entrer.

L'avocat entre le premier suivi par le prévenu Jacob BILLIGER. L'agent referme la porte derrière eux et retourne s'asseoir.

L'avocat :

- « *Mesdames, Messieurs, Bonjour. Je suis maître ALEKSANDR le conseil de Monsieur Jacob BILLIGER ici présent, conformément aux termes de la convocation que la commission des auditions préliminaires nous a fait parvenir. Nous nous tenons à votre disposition pour répondre à vos questions.* »

Dans cette salle des auditions, une dizaine de personnes (dont trois femmes), toutes assises derrière une grande table, un épais dossier posé devant chacune, toutes vêtues de vêtements civils, le visage fermé, les yeux rivés sur le prévenu Jacob BILLIGER.

En face, deux chaises ordinaires écartées d'au moins un mètre, empêchant l'avocat et le prévenu de communiquer entre eux.

A vrai dire, l'avocat n'est là que pour assister à l'audition. Il ne jouit d'aucune possibilité d'intervention en temps réel au cours de l'audition. Sa présence est un privilège exceptionnel accordé à l'Etat américain dans le cadre de cette audition, pour garantir que les droits du prévenu BILLIGER ont été strictement respectés selon les conventions internationales.

Jacob a été briefé à cette fin par son avocat, et ne semble ni surpris, ni perdu devant cette disposition légale mise en œuvre par la commission des auditions.

Il sait que sa défense incombe à lui tout seul et que, son avenir après cette audition ne dépendra que de sa seule capacité à apporter les éclaircissements, les réponses appropriées aux charges retenues contre lui.

Sa longue expérience de conférencier le prédispose à affronter un auditoire non acquis à sa cause, voire hostile. Mais, dans le cas présent, quelle que soit la qualité de sa prestation devant cette commission, la décision finale ne lui appartiendra pas. De plus, l'inconvénient majeur de ne pas connaître les griefs qui sont retenus contre lui, *de facto* le condamne à se surpasser dans sa stratégie de défense devant cette commission.

Il lui faudra trouver des arguments qui frappent par leur netteté brutale, et qui produiront un choc psychologique suceptible d'ébranler les certitudes des membres de cette commission ce, pour sa réhabilitation qui dans son esprit ne fait aucun doute.

27

Les membres de cette commission sont surpris, voire déstabilisés de voir le prévenu Jacob BILLIGER sous un aspect inattendu.

Pour la majorité d'entre eux, ils ont assisté dans le passé à des dizaines d'auditions. En leur âme et conscience, ils n'ont jamais ressenti cette impression de ne pas être en face de la personne décrite dans l'épais dossier déposé devant chacun d'eux.

D'aucun dirait que le sort du prévenu Jacob

BILLIGER se présente sous les meilleurs présages face à cette commission.

Mais, la sécurité du territoire peut-elle se permettre le luxe de se fier au visage, au costume et aux attitudes innocentes d'un prévenu soupçonné d'avoir menacé la sécurité de leur Etat ?

La majorité des membres actifs, constituant une telle commission, est triée sur le volet parmi d'anciens militaires capés, de par leurs états de service, formés dans l'art de fouiller les tréfonds des âmes les plus retors des individus qui font l'objet de soupçons avérés ou non d'agir contre la sécurité de l'Etat.

En effet, ils découvrent un individu serein, au visage impassible, aux gestes souples, à l'attitude parfaitement équilibrée, prêt à les affronter pour défendre son honneur, et qui à la surprise générale, passe en revue pendant quelques secondes, chacun des visages comme pour établir une connexion avec chacune des personnes de cette commission.

En faisant cela, il remarqua qu'une de ces

personnes avait baissé les yeux au moment où il la fixait, ne pouvant soutenir son regard.

Ce qui constitue pour lui, le « point d'entrée » dans ce bloc compact et impénétrable que forme cette commission face à lui.

Application d'une vieille technique utilisée par les conférenciers devant un auditoire difficile, voire hostile.

Même si autour de cette table, ils sont dix face à lui, il ne s'adressera qu'a cette personne tout au long de son audition.

Cette personne sera son unique interlocutrice quelle que soit l'origine de la question qui lui sera posée.

Il lui expliquera, il la prendra à témoin, il lui demandera d'examiner les faits sous un angle plus approprié, il lui demandera de se mettre à sa place, il lui sourira, il lui fera admettre que cette audition accouchera d'une souris et non d'une montagne, etc ..... .

Il lui mettra son avenir entre ses mains, il lui

demandera de ne pas le condamner s'il elle a un doute raisonnable.

Et à la fin, il lui adressera ses plus sincères remerciements de l'avoir écouté.

Il ne la quittera pas des yeux.

28

D'une voix ferme et forte, la présidente de la commission déclare :

- « *Vstrecha otkryta.* »
(la séance est ouverte).

Et dans un anglais impeccable :

- « *Monsieur Jacob BILLIGER, veuillez vous lever. Je vais procéder à la lecture de l'acte d'accusation.* »

Jacob se lève et écoute religieusement l'acte d'accusation.

Il est KO debout mais reste impassible. Il ne vacille pas. Il est solidement ancré au sol.

Il est à mille lieux de s'imaginer ce qu'il vient d'entendre.

Il lui est reproché pêle-mêle ses fausses compétences en agronomie, sa présence sur sol russe pour d'autres motifs que ceux évoqués dans le cadre des échanges de professeurs entre les Etats-Unis et la Russie, son appartenance à un mouvement subverssif dont l'objectif est de tenter de désorganiser l'ordre établi , et pour couronner le tout, ses contacts répétés avec un prétendu Igor qui s'appelle en réalité Anton, un activiste surveillé de longue date par la sécurité du territoire, disparu des radars à Moscou et apparu à Novossibirsk comme par hasard quelques temps après son arrivée des Etats-Unis.

Tel un ordinateur hyper puissant, il structure sa pensée et se tient prêt à se défendre.

Alors, les questions fusent de toutes parts. Un florilège d'allégations à charge. Des questions récurrentes, dix fois, vingt fois posées sous toutes les formes.

Parmi les principales :

«*Pourquoi êtes-vous venu à Novossibirsk? »*

« *Monsieur BILLIGER vous travaillez pour qui ? »*

« *Avez-vous remis des documents à Anton ? Quels documents avez-vous remis à Anton et pourquoi ? »*

Tel un guerrier sur un champ de bataille, l'oeil rivé sur son point d'entrée unique, Jacob livre une bataille féroce, tour à tour répliquant, réfutant, ripostant, rétorquant, polémiquant même parfois.

C'est une bataille sanglante à l'issue de laquelle il reste debout, l'oeil vif, les narines ouvertes, aspirant de grandes bouffées d'oxygène pour alimenter son cœur mis à rude épreuve, tel un pur-sang qui vient de courir un steeple-chase.

Son avocat compris, tous sont unanimes devant cette foudre de guerre qui défend bec et ongles son honneur et sa réputation.

29

Après trois heures de cette bataille acharnée, visiblement à court d'arguments, la présidente siffle la fin de la confrontation.

Elle ordonna qu'il lui soit donné une demi bouteille d'eau.

En russe, la présidente annonce à l'avocat que les conclusions de l'audition sont mises en délibéré pendant deux semaines.

Jacob BILLIGER est libre de regagner son domicile, mais l'accès à l'université lui est toujours interdit.

Elle déclare la session terminée.

L'avocat remercie la commission et se retire avec son client.

Dehors, maître ALEKSANDR invite Jacob à aller boire un verre dans un bar à Vodka au centre ville.

Une fois installés, les deux hommes font le débriefing de l'audition.

L'avocat avoue avoir été impressionné par la pertinence des réponses de Jacob. Pour lui, le non-lieu ne fait aucun doute dans son esprit. Tout devrait rentrer dans l'ordre bien vite, mais, il l'invite à la prudence durant les deux semaines pendant lesquelles la décision de la commission est mise en délibéré.

Il lui rappelle à toutes fins utiles que, en règle générale, la commission n'a pas la réputation de se tromper de cible. Et si c'est le cas, la porte de sortie pour ne pas perdre la face, c'est le prononcé pur et simple d'un ordre d'expulsion du territoire, généralement suivi de l'application de la réciprocité décidée par le pays de l'expulsé si son statut relève de la fonction publique.

Alors, c'est l'occasion pour les médias internationaux de réveiller par presse interposée, les vieilles querelles entre la Russie et son vieil ennemi de toujours que sont les Etats-Unis d'Amérique.

- « *Peut-on faire appel d'une décision d'expulsion dans ce pays ?* »

- « *Tout ce qui touche à la sécurité de l'Etat, est soumis à une décision unilatérale.* »

- « *J'ai compris. Merci maître, pouvez-vous s'il vous plaît me déposer chez moi ? Je suis extrêmement fatigué. J'ai besoin de me reposer.* »

- « *Pas de souci Monsieur BILLIGER.* »

30

Arrivé au studio, très calmement, Jacob se déshabilla, prit une douche et se mit au lit.

Le lendemain matin au réveil, quelques mouvements d'étirement. Son corps est noué, ses muscles endoloris, pire que s'il avait couru deux marathons coup sur coup.

Il ne pense à rien. Il essaie de faire le vide dans sa tête.

Cette journée doit être toute entière consacrée

à décompenser. Rien ne doit venir polluer son esprit.

Il prépare son petit-déjeuner. Il s'installe et profite de cette paix pour apprécier sa tasse de café et ses tartines de beurre salé. Quelques baies rouges pour renforcer son système immunitaire et une autre tasse de café.

Bien qu'il soit privé de son ordinateur portable, il prit son bloc-notes et se met à définir les grands traits du document pour lequel le directeur du projet l'avait sollicité.

Ce n' est pas très compliqué pour lui de faire ce travail. Il maîtrise parfaitement le sujet et dans la mesure où il devrait bientôt retourner reprendre son travail à l'université, autant prendre un peu d'avance.

Sa prestation de la veille le conforte dans cette idée que bientôt, tout rentrera dans l'ordre et qu'il sortira de ce cauchemar la tête haute. Il en est intimement convaincu.

La matinée passa bien vite.

Une douche rapide puis, quelques achats à l'épicerie.

Il ne peut dépasser un rayon d'un kilomètre autour de son domicile. Par conséquent, il profite de chaque mètre parcouru. Il regarde partout. Il sent les odeurs. Il les analyse. Il découvre son quartier.

Au retour, il lave quelques chaussettes, deux ou trois sous-vêtements en attendant que le déjeuner finisse de cuire.

Deux semaines, c'est long. Il a besoin de s'occuper physiquement et mentalement.

31

Une semaine et demie après son audition, vers 19 heures, Jacob reçut la visite de deux agents de la sécurité du territoire, chargés de lui remettre en main propre un ordre d'expulsion du territoire. Sentence qui devrait être exécutée le lendemain à 6heures du matin. La sécurité du territoire reviendra l'escorter jusqu'à l'aéroport. Son passeport et son ordinateur portable lui seront restitués à l'aéroport.

Après lui avoir fait signer un récépissé, ils prirent congé.

Il referma la porte derrière eux.

Jacob prit connaissance du contenu de ce document rédigé en anglais, sans sourciller, puis remit le feuillet dans son enveloppe et déposa l'enveloppe sur la table basse du salon.

Très calmement, il s'affaira à préparer son dîner, puis s'installa avec son plateau repas devant la télévision.

Tout en dînant, il suit les programmes sur CNN.

Le lendemain, à 6 heures précises, trois agents de la sécurité du territoire dont un armé d'une kalachnikov, un représentant de l'ambassade des Etats-Unis se présentent à la porte du studio.

Ils sonnent une fois, deux fois, trois fois. Aucune réponse. Ils attendent un court instant, puis recommencent. Aucune réponse.

Celui qui semble diriger le groupe, ordonna à

son collègue d'aller chercher la concierge.

Celle-ci arrive un peu essoufflée, les bigoudis dans les cheveux, munie d'un trousseau de clés.

Une nouvelle série de sonneries plus tard, la concierge reçoit l'ordre d'ouvrir la porte.

Elle s'exécute. La main tremblante, elle parvint à déverrouiller la porte. La sécurité intérieure n'a pas été mise.

L'agent armé l'écarte avec le bout de son arme, et pénètre le premier dans le studio et ressort aussitôt, effaré.

« *Ublyudok ubil sebya !* »
(le fils de pute s'est suicidé !)

dit-il.

Les autres n'en croient pas à leurs oreilles. Ils se précipitent dans le studio et découvrent l'horrible scène.

Dans la pièce éclairée, devant la télé toujours

allumée, Jacob BILLIGER est assis la tête penchée en arrière, sans vie.

Sur le plateau, à côté de son assiette et de ses couverts, une bouteille de vodka vide, un flacon de somnifère ramené de Chicago, vidé de son contenu.

En se penchant vers lui pour prendre son pouls, le responsable du commando découvre un papier posé à côté de lui dans le canapé, sur lequel il est écrit en anglais :

« Quelqu'un a écrit en son temps : Il vaut mieux garder la nostalgie d'un paradis en le quittant que de le transformer en enfer en y restant.

J'ai passionnément aimé mon métier. Je l'ai exercé avec respect et honnêteté.

Je suis innocent de ce dont on m'accuse.

Je l'ai clamé haut et fort.

Personne ne m'a écouté.

Alors, je m'en vais, sans regret ni chagrin.

Mon honneur est sauf, ma réputation intacte.

Cette nuit est ma dernière nuit en SIBERIE.

Maman, je t'aime. Pardonne moi.

JACOB BILLIGER, Professeur émérite. »

Épilogue

Ainsi s'est achevée sur la terre de Russie, la vie de ce personnage hors norme.

Jacob BILLIGER né pour vivre cette vie passionnante de chercheur, s'en est allé la conscience tranquille avec sa réputation intacte.

Il laisse derrière lui une œuvre colossale et le souvenir d'un homme à l'esprit aiguisé, au sourire ravageur.

Combien de Jacob BILLIGER à travers le monde, qui ne se sont pas réveillés un certain matin, préférant quitter la vie, pour ne pas avoir à se défendre contre les ravages de la calomnie ?

FIN.

Ma dernière nuit en Sibérie

Ma dernière nuit en Sibérie

Éditeur : BoD-Books on Demand, 12/14 rond point des Champs Élysées, 75008 Paris, France
Impression: BoD-Books on Demand, Norderstedt, Allemagne
ISBN : **9782322240562**
Dépôt légal : Août, 2020

Ma dernière nuit en Sibérie